Lea Lisa Lesbos

Die Todesfalle für die Mondgöttin

Mit großer Schrift

Lea Lisa Lesbos

Die Todesfalle für die Mondgöttin

Mit großer Schrift

Druck und Distribution im Auftrag der Autorin:
tredition GmbH, Heinz-Beusen-Stieg 5, 22926 Ahrensburg, Germany

Print ISBN: 978-3-3843-8340-2
E-Book ISBN: 978-3-3843-8341-9

Dieses Buch ist allen Liebenden gewidmet.

Inhalt

Vorwort

In diesem spannenden Fantasy-Krimi geht im antiken Griechenland ein äußerst grausamer Mörder um. Er tötet seine Opfer mit glühenden Eisen, mit denen er ihnen zahlreiche Mondsymbole einbrennt. Ritualmorde? Wahnsinn? Auch die Fee Lea und ihre Geliebte geraten in die Gewalt des brutalen Mörders. Kann das Liebespärchen ihm entkommen?

Abendspaziergang

Eines Abends schlenderte die Fee Lea über die schöne Insel Lesbos. Sie liebte diese sehr, was ihr den Namen Lea Lisa Lesbos einbrachte. Doch das störte die Fee nicht im Geringsten, denn in der Antike gehörten solche Beinamen zu den selbstverständlichen Dingen. Da es damals zahlreiche Leas gab, erwiesen sich solche Zusätze als sehr nützlich. Jeder wusste dann sofort, wer genau gemeint war und wo diese Person lebte. Es begann allmählich dunkel zu werden, doch als Fee fürchtete sich Lea nicht. Nur äußerst selten wagte es jemand, eine Fee anzugreifen. Ein sehr erfreulicher Umstand. Doch das Dasein als Fee hatte auch seine Schattenseiten. Alle Menschen fürchteten sich vor magischen Lebewesen, weshalb diese meist sehr einsam lebten. Zu einsam! Lea sehnte sich nach Freundschaft, vielleicht sogar nach etwas mehr: Liebe! Sie seufzte tief. Vor ihr tauchte im Dunkeln ein beleuchtetes Haus auf. Was dort wohl vorging? Neugierig trat sie ans Fenster. Im Haus lag eine ältere Frau mit ein paar schönen Mädchen im Bett. Es ging dort offensichtlich sehr vergnügt zu. Die Fee seufzte noch tiefer.

Das Gespräch

Als sie wieder weitergehen wollte, fiel ihr in der Nähe eine Gestalt auf. „Wer bist Du? Was machst Du hier?", erkundigte sich Lea erstaunt.

„Mich lockte das Licht wie einen Falter an. Ich wollte eigentlich nach einem Bett für die Nacht fragen, aber das ist wohl schon voll belegt", kicherte die Fremde etwas verlegen. Wie sollte sie auf das zu sprechen kommen, was sich dort gerade abspielte? Etwas schüchtern ergänzte sie: „Ich heiße Diana. Wie heißt Du?"

„Lea", erklang die Antwort. Ganz bewusst fiel die Ergänzung „Die bekannte Fee" unter den Tisch. Denn sicherlich wäre das junge Mädchen oder genauer gesagt die junge Frau vor ihr geflohen, wie die meisten Menschen.

„Wollen wir etwas zusammen gehen?", erkundigte sich Diana etwas doppeldeutig.

„Gerne!", rief die Fee begeistert, ohne auf den Unterton der Anderen zu achten.

So liefen die beiden noch etwas durch die inzwischen rabenschwarze Nacht.

Glücklich überlegte Lea: *„Endlich bin ich nicht mehr allein unterwegs! Es ist viel schöner, zu zweit durchs Leben zu schlendern."* Schüchtern schob sie ihre Hand in die Hand ihrer Begleiterin. Diese schmunzelte etwas, sagte aber nichts.

Romantik

Diese traute Zweisamkeit dauerte lange. Die beiden schienen förmlich durch den Wald zu schweben.

Auf einer Lichtung flüsterte Diana: „Wollen wir jetzt schlafen gehen?"

Die völlig unschuldige Lea erwiderte: „Gerne, ich bin vom vielen Laufen schon etwas müde." Schläfrig legte sie sich neben ihrer neuen Bekanntschaft zum Schlafen hin. Doch wartete eine kleine, schöne Überraschung auf die Fee. Ein schüchterner Kuss von Diana und ein paar sanfte Berührungen. Selig ließ Lea dies mit großen Genuss geschehen, bevor der Schlaf die beiden übermannte.

Etwas scheu sahen sie sich am nächsten Morgen an. Verlegen erkundigte sich Diana: „Hoffentlich hat Dich mein Gutenachtkuss nicht gestört."

Errötend meinte Lea: „Das kannst Du gerne wieder machen, nicht nur nachts!", worauf die beiden zärtlich schmusend ins Gras zurückfielen. Viel später pflückten sie sich Beeren fürs gemütliche Frühstück. Dabei sprachen sie nicht viel, sondern genossen einfach die Gegenwart der jeweils anderen. So ähnlich ging es tagelang weiter. Doch diese traute Gemeinsamkeit wurde jäh unterbrochen.

Der entsetzliche Fund

Beim verliebten Wandern durch den Wald entdeckten die jungen Frauen eine schrecklich zugerichtete Leiche. Am ganzen Körper des Opfers befanden sich tiefe Brandwunden. Der Täter hatte überall mit einem heißen Eisen verschiedene Mondsymbole eingebrannt. Bleich schluckten unsere Heldinnen fassungslos, sahen sich erschrocken an.

„Der Mörder muss völlig verrückt sein", flüsterte Diana.

„Ja, aber es kann auch ein Ritualmord sein. Vielleicht verübt durch einen Priester der Mondgöttin."

Diana sympathisierte nicht besonders mit dieser Theorie. „Das glaube ich nicht. Rituale werden meines Wissens in Tempeln abgehalten."

Doch Lea ließ sich nicht beirren: „Oh, ja. Aber ich sah auch schon oft Priester oder Gläubige in der freien Natur Opfer bringen."

Diana entgegnete: „Aber nimmt die Mondgöttin Menschenopfer an? Davon habe ich noch nie gehört. Wie dem auch sei: Wir sollten dem gefährlichen Täter das Handwerk legen."

Selbstbewusst gab ihr Lea Recht, denn als Fee fürchtete sie nur sehr wenige magische Wesen. Priester gehörten nicht dazu. Warum auch?

Die Ermittlungen beginnen

„Na, Mädchen? Wollen wir die Jagd beginnen?", erkundigte sich Lea keck.

Mit leuchtenden Augen nickte Diana. „Klar, Kleine! Uns Mädels macht keiner was vor."

Das verliebte Pärchen plante die Suche sehr genau. Sämtliche Wasserstellen in der Gegend lagen auf ihrer Route, sowie alle Heuschober. Irgendwo musste der Mörder ja seinen Durst stillen, schlafen, bevor er weiterging. Auf einer Insel lag die Chance auf der Hand, ihn einmal an einem dieser Orte zu treffen.

„Woran sollen wir ihn denn erkennen?", wollte Lea wissen.

Diana antwortete: „An den Eisenstangen mit den Mondsymbolen natürlich! Die kann er zwar in einem Sack verstecken, aber klappern werden die dennoch laut."

„Stimmt", gab ihr Lea Recht. „Also! Auf geht's zur nächsten Wasserstelle."

An sich kein schlechter Plan der beiden. Aber selbst auf einer Insel können Menschen lange aneinander vorbeilaufen. Dazu kam noch etwas anderes: Es konnte ja auch einer der Inselbewohner gewesen sein, der schon lange wieder friedlich in seinem Haus saß. Doch selbst wenn die jungen Frauen daran gedacht hätten, die gemeinsamen Spaziergänge machten ihnen viel Spaß! Hand in Hand ermittelten sie voller Freude.

Rätsel

Eines Tages grübelte Lea: „Ich frage mich, warum Nemesis den Täter nicht einfach niedermacht!"

Sinnierend meinte Diana ihre Freundin zärtlich streichelnd: „Vielleicht hat die Rachegöttin bereits zugeschlagen und wir suchen umsonst? Was wirklich zählt, ist unsere Liebe! Nimm die Jagd einfach als spannendes Rahmenprogramm. Sozusagen als unterhaltsamen Kontrast."

Nun, so konnte es auch gesehen werden.

Lea erwiderte: „Ja, klar. Aber ich frage mich wirklich, wer es getan hat und vor allem warum? Ein Verrückter? Eine Todesfee? Monster? Anhänger des Sonnengottes, welche die Tat der Mondgöttin in die Schuhe schieben wollen? Vermutlich war es aber doch ein Priester der Mondgöttin oder sogar sie selbst."

Nachdenklich sprach Diana: „Ach, das glaube ich nicht. Das wäre doch zu offensichtlich. Es muss jemand anderes als die Mondgöttin oder ihre Priester dahinterstecken."

„Ja, aber wer?", fragte Lea ratlos.

Eine gute Frage. Vielleicht sogar eine bessere, als die beiden dachten.

Das Grauen geht weiter

So leicht unsere Heldinnen es bisher nahmen, so stark änderte es sich beim nächsten Opfer. Es lag noch schlimmer zugerichtet an einer Wasserstelle. Dieses Mal mussten sich die beiden übergeben. Zum ersten Mal schlich sich auch tiefe Angst in ihr Bewusstsein. Vielleicht gehörte der Täter doch zu den magischen Lebewesen? Ein Dämon?

Lea schlug vor: „Dieser Mann sieht wie ein Fischer aus. Genauso wie der andere. Fischer sind sehr kräftig. Die zu besiegen kann für ein normales Wesen nicht leicht sein. Darum überlege ich gerade: Kann es nicht die Rache des Meeresgottes an den Fischern sein?"

„Warum sollte er sowas tun?", wollte Diana verblüfft wissen.

„Nun, ein möglicher Grund wäre es, wenn sie ihm nicht geopfert hätten. Du weißt, jeder der mit dem Meer zu tun hat, muss regelmäßig dem Meeresgott opfern."

„Gute Idee", stimmte Diana etwas nervös zu. „Sollen wir uns wirklich mit einem Gott anlegen?"

„Warten wir es ab", meinte Lea unsicher. „Es gibt ja noch viele andere Möglichkeiten."

„Zu viele", entgegnete Diana. „Werden wir den Fall je lösen?", flüsterte sie zweifelnd.

Die peinliche Frage

Schüchtern errötend gab Lea ihrer Freundin einen Kuss, noch immer konnte sie es gar nicht fassen, endlich die große Liebe gefunden zu haben. Sie würde alles dafür tun, diese Liebe zu verteidigen! Die Mörderjagd hielt die beiden auf jeden Fall erstmal zusammen. Aber sie mussten sowieso weiter ermitteln. Schon allein deshalb, weil so ein gefährlicher Täter aus dem Verkehr gezogen werden musste. Aber auch die Neugier spielte eine Rolle. Wer war es und warum? Wozu diese wirklich schrecklichen Gewalttaten? Morde gingen schließlich auch viel einfacher. Also doch Ritualmorde? Oder einfach pure Grausamkeit? Unsere Heldinnen hofften beide heimlich, dass die Jagd und somit die Zweisamkeit noch lange dauerte. Doch trotz des rosaroten Lichts ihrer Liebe begannen sie sich immer mehr vor dem Mörder zu fürchten. Eines der vielen Monster? Ein böser Magier?

Während Lea ihre Freundin fest umarmte, sprach diese plötzlich überraschend: „Warum nutzt Du Deine magischen Kräfte nicht zur Jagd? Du bist doch eine Fee, oder?"

Lea errötete noch mehr. Erstaunt erkundigte sie sich: „Woher weißt Du, dass ich eine Fee bin? Zaubern zum ermitteln kann ich leider noch nicht, meine magischen Kräfte sind noch zu schwach. Sie wachsen nur langsam. Das ist bei Feen immer so."

Beruhigend streichelte Diana ihr Haar.

Das Geständnis

Lea fuhr fort: „Ich hatte Angst, dass Du mich allein lässt, wenn du die Wahrheit weißt. Ihr Menschen fürchtet doch magische Wesen so sehr." Fest umklammerte sie ihre große Liebe. Würde diese nun lieber ihrer eigenen Wege gehen? War nun alles aus?

Ruhig blickte Diana die ängstliche Fee an, küsste sie mehrfach liebevoll und sprach beruhigend: „Ich werde Dich nie verlassen. Ob du Fee bist oder nicht. Wir gehören für immer zusammen."

Glücklich seufzte Lea, als plötzlich lautes Geschrei erklang. Ein Mädchen rannte an ihnen in panischer Angst vorbei. „Helft mir!", rief sie ihnen flehend über die Schulter zu.

Kurz darauf nahten Fischer aus einem Dorf: „Habt Ihr die Mörderin gesehen? Sie muss hier lang gekommen sein."

Ohne zögern zeigten beide in die falsche Richtung, in die dann die Menschen schreiend weiter rannten. Unsere Heldinnen nahmen nun in die richtige Richtung die Verfolgung auf. Sollte so ein junges Mädchen die grausame Mörderin sein? Vielleicht ein getarnter Dämon?

Die Elfe

Nach einer Weile fanden die beiden das völlig erschöpfte Mädchen. „Kommen die Fischer auch?", fragte diese zitternd.

„Nein, wir haben sie in die falsche Richtung geschickt", erwiderte Diana gelassen.

Ungläubig erkundigte sich das noch schwer atmende Mädchen: „Das habt Ihr getan? Warum?"

„Weil wir nicht glauben, dass Du die Mörderin bist", kam es von Diana. „Du bist zu schwach, um so starke Fischer zu überwältigen."

„Stimmt", bekam sie zur Antwort. „Ich bin die Elfe Leni und stieß zufällig auf eine Leiche. Als ich noch unter Schock stehend auf den Toten starrte, erschienen die Menschen und hielten mich für die Mörderin ihres Dorfmitbewohners."

Völlig vom Thema abschweifend fragte Lea ihre Geliebte: „Woher wusstest Du, dass ich eine Fee bin?"

Diana musste geistig erst von der Elfe zu ihrer Freundin umschalten, bevor es von ihr verlautete: „Feen haben eine ganz besondere Ausstrahlung. So wie Du. Die Frage bleibt stets nur: Gute oder böse Fee?"

Leni warf ein: „Da habt Ihr es bei mir leichter. Es gibt nur gute Elfen."

Lea äußerte sich zurückhaltend: „Falls Du wirklich eine bist!"

Zu dritt

In magischen Zeiten eine berechtigte Feststellung. Nur zu häufig waren scheinbar harmlose Lebewesen nicht das, was sie zu sein vorgaben. Auch hier konnte es durchaus so sein. Die Elfe auf ihre Jagd mitzunehmen barg also ein großes Risiko. Doch diese allein zu lassen, kam für die beiden anderen nicht in Frage. Denn sonst bestand die Gefahr, dass diese den Menschen doch noch in die Hände fiel. Alle drei stellten sich nun gegenseitig genauer vor, anschließend erklärte Diana, dass sie nun zu dritt den Mörder jagen würden. Oder die Mörderin? An diese Möglichkeit dachte Diana nicht. Während die beiden anderen insgeheim fürchteten, am Ende der Jagd auf gefährliche Monster oder Götter zu stoßen. Und die hatten es in sich! Selbst die weiblichen!

„Ich bin sehr froh, bei Euch zu sein", gab die Elfe verlegen zu. „Hoffentlich störe ich Euch nicht." Ihr war die besondere Vertrautheit ihrer zukünftigen Gefährtinnen aufgefallen.

Tief errötend meinte Lea: „Nein, Du störst uns gar nicht. Warum auch?"

Schmunzelnd blickte Diana ihre Geliebte an, bevor sie ablenkte: „Oh, wir können Deine Hilfe beim Ermitteln sehr gut brauchen. Denn wer weiß, auf wen wir am Ende stoßen werden? Im Kampf gegen das Böse kannst Du dann vielleicht entscheidend eingreifen."

Spurensuche

Verlegen die Hände knetend hauchte die Elfe: „Hoffentlich!" Als es langsam zu dunkeln begann, suchten sie sich eine bequeme Ruhestelle im Wald. Neugierig beobachtete Leni heimlich, wie die beiden anderen Freude aneinander hatten, bevor sie fest umschlungen einschliefen. Die Elfe überlegte: „Die Liebe scheint ja etwas sehr Schönes zu sein. Hoffentlich finde ich auch mal jemand so nettes." Am nächsten Morgen gingen die drei zu den zwei bisherigen Tatorten und suchten nach Spuren.

„Vielleicht haben wir damals etwas übersehen, was aber jetzt Dir auffällt, Leni."

Ängstlich schaute die Elfe sich um. Nachdenklich äußerte sie: „Ja, mir fallen zwei Sachen auf. Der Täter hat seine Folterwerkzeuge wieder mitgenommen. Was mir aber auch sehr zu denken gibt: Wie hat er diese glühend heiß gemacht? Hier ist nirgends eine Feuerstelle zu sehen."

Die anderen riefen fassungslos: „Waren wir blöd! Das ist uns gar nicht aufgefallen! Du hast Recht, wie hat er die Eisen so heiß gemacht?"

Spekulationen

„Mit Hilfe eines feuerspeienden Drachen?", schlug Diana vor.

Leni sprach: „Er hat die Männer woanders getötet und anschließend zu den Fundorten gebracht."

„Aber warum sollte er das tun?", begehrte Lea zu wissen.

„Weil er die Leichen nicht daheim haben wollte", stellte Leni fest.

„Ja, das ist eine gute Idee", stimmte Diana zu. „Was jetzt?"

Leni schlug bescheiden vor: „Lasst uns statt Wasserstellen und Heuschobern eine feste Unterkunft des Täters suchen. Eine Höhle, ein Haus oder vielleicht sogar ein Schloss. Irgendwo muss er einen festen Wohnsitz haben, mit großer Feuerstelle."

Tagelang liefen sie suchend durch den Wald, als es plötzlich hinter ihnen raschelte. Waren sie dem Mörder in die Falle gegangen? Nein, ein Fuchs huschte an ihnen vorbei. Erleichtert atmeten unsere Freunde auf.

Diana drückte ihren Freundinnen beruhigend die Hände: „Noch mal gut gegangen, aber wir müssen uns zukünftig besser umsehen."

Sehr wahr! Alles Mögliche konnte auf die drei lauern, nicht nur der Mörder!

Mögliche Verstecke

Da sie über sehr wenig detektivische Erfahrung verfügten, dachten die drei an etwas Wesentliches nicht: Ziemlich sicher würden sie auf unheimliche Behausungen stoßen. Doch die mussten keineswegs dem Mörder gehören. Genauso gut konnten dort andere Unholde leben. Drachen, Trolle, Todesfeen usw. Und diese hatten alle etwas gemeinsam: Sie wurden weder gern in ihren Verstecken gestört, noch zeigten sie sich dabei besonders verständnisvoll. Ein: „Entschuldigung, wir wollten nicht stören", wurde sehr selten akzeptiert. Falls Eindringlinge überhaupt so weit mit dem Reden kamen. Merke: Unheimliche Wesen können unheimlich sauer werden. Unsere Heldinnen begaben sich also in sehr große Gefahr, ohne sicher zu sein, auf die richtige Unterkunft zu stoßen. Sollte z.B. doch der Meeresgott der Täter sein, so hauste er unerreichbar im tiefen Meer. Doch voller ängstlichem Tatendurst machten sich die drei auf die Suche. Was unsere Heldinnen wohl fanden? Hoffentlich keinen magisch starken Feind! Guter Wille wog keineswegs mangelnde magische Kräfte auf.

Das Versteck

Mitten im tiefen Wald fanden unsere Heldinnen ein altes Haus. Vorsichtig spähten sie durch alle Fenster – nichts regte sich im Inneren. So schlichen die drei durch die Tür ins Haus. Vor ihren Augen befand sich eine Art riesige Folterkammer. Fesseln, Folterwerkzeuge und ein riesiger Ofen, um diese zu erhitzen. Kalt lief es ihnen den Rücken hinunter. Ihr Selbstbewusstsein bekam einen kräftigen Knacks. Der Anblick der vielen Blutflecke gab ihnen den Rest. Von der Tür her kam eine hämische Stimme: „Na, da seid Ihr dummen Gänse mir nun doch noch in die Falle gelaufen. Das ist Euer verdientes Ende!"

„Denkste!", rief Diana und stellte sich schützend vor ihre Freundinnen.

Fies kichernd stellte die Hexe fest: „Oh, hoher Besuch! Diana die Mondgöttin! Aber leider weißt Du ja selber, dass tagsüber Deine magischen Kräfte bei null liegen! Deshalb überfiel ich Euch Turteltauben auch nie nachts. Ich verfolge Euch schon seit langem!"

Errötend stellten Diana und Lea fest, dass ihre Liebe kein Geheimnis mehr war. Aber auch: Die Verfolger wurden in Wirklichkeit schon lange selber verfolgt und tappten brav in die Falle. Keine von ihnen besaß genug magische Kraft, um mit einer geübten Hexe mithalten zu können.

Das Motiv

Diana wollte wissen: „Warum hast Du das Mondmotiv bei Deinen Morden verwendet?"

Aufgeheitert gluckste die fiese Hexe: „Um Dir die Morde in die Schuhe zu schieben! Ich hasse Dich! Denn wir Hexen morden am liebsten nachts, aber das können wir nicht, wenn die Mondgöttin über die Menschen wacht! Aber damit ist es nun vorbei!" Ein magischer Blitz der Hexe traf Diana, welche sofort tot zusammenbrach.

Doch diese Tat erwies sich als großer Fehler der Hexe. Denn durch die Tür raste die grässliche Hydra, eines der gefährlichsten Ungeheuer der Antike! „Die Götter schicken mich, um Dich zu bestrafen! Du hast es gewagt, eine Göttin anzugreifen! Frevlerin!"

Ein furchtbares Gemetzel folgte, bevor Hydra wieder verschwand.

Leni flüsterte entsetzt: „Was für ein Massaker!"

Doch Lea hörte Leni nicht zu. Die Fee weinte bitterlich an der Leiche ihrer über alles geliebten Freundin.

Leni knetete verlegen ihre Hände und meinte tief errötend: „Lea? Du brauchst nicht zu weinen. Hast Du es nicht gehört? Diana ist die Mondgöttin. Alle Götter sind unsterblich. Deshalb wird sie bald wieder auferstehen."

Und so kam es auch.

Die Mondgöttin

Die beiden küssten sich danach herzlichst, während Leni verlegen „Ähs" und „Öhs" von sich gab. Als die beiden anderen ihr endlich etwas zerstreut Aufmerksamkeit schenkten, erkundigte sich die Elfe neugierig: „Warum hast Du uns nicht gesagt, dass Du die Mondgöttin bist?"

Etwas zerknirscht antwortete die Angesprochene: „Aus Angst, dass Ihr nicht mit der Mondgöttin leben wollt."

Lea umarmte ihre Freundin fest: „Ich werde Dich immer lieben. Egal ob Mondgöttin oder nicht."

Leni fügte schüchtern an: „Ich würde gerne bei Euch bleiben, aber sicherlich bin ich Euch im Weg."

„Nein, nein", erwiderte Lea mit kecken Grinsen. „Es ist gut, wenn Du mit uns unterwegs bist, da denken wir auch mal an andere Dinge, außer der Liebe."

Diana antwortete ironisch seufzend: „Ach, schade…"

Hochzeitsreise

„Wo wollen wir unsere Hochzeitsreise verbringen?", wollte Lea Tage später gespannt wissen.

Diana schlug vor: „Lass uns eine Bildungsreise machen. In ein anderes Land in einer anderen Zeit. Lass mich mal überlegen…"

Die drei verschwanden plötzlich aus dem sonnigen Griechenland und erschienen kurz darauf in einem sehr kalten, regnerischen Land.

„Uh, ist es kalt hier!", jammerte Leni. „Da habt Ihr aber keine schöne Hochzeitsreise. Dazu noch mit unseren dünnen Sommerkleidern!"

Bibbernd gab ihr Lea Recht. „Es ist Abend! Zaubere uns dickere Anziehsachen!", was Diana sofort tat. Die Kleider und Mäntel sahen sehr seltsam aus.

„Was ist denn das?", wollte Lea verblüfft wissen. „Sachen aus der Götterwelt? Ziehen die sowas an?"

„Nein", antwortete Diana. „Das sind Anziehsachen aus dem 17. Jahrhundert, in dem wir uns jetzt befinden."

„17. Jahrhundert? In Griechenland? Ist es da so kalt hier?", hakte Leni ungläubig nach.

„Nein, in England. Zu dieser Zeit leben hier viele Dichter, die auch mythische Stoffe bearbeiten. Der bekannteste heißt Shakespeare."

Ja, und?

„Ja, und?", erkundigte sich Lea verständnislos. „Was weiter?"

„Nun", erklärte Diana. „Ich möchte wissen, wie so ein Dichter auf seine Stoffe kommt. Ist es reine Phantasie, sind es Sachen, die sich wirklich ereigneten? Nebenbei können wir London und Umgebung besichtigen. London ist eine der größten Städte dieser Zeit."

„Also ich habe mir einen lieblicheren Urlaubsort für unsere Hochzeitsreise vorgestellt", schmollte Lea, als die drei durch schmutzige Straßen an schäbig aussehenden Menschen vorbeiliefen. Dennoch beeindruckte sie das Sightseeing. Wundervolle Brücken, Paläste tauchten plötzlich auf. Gleich darauf in Nebenstraßen äußerste Armut.

Leni stellte treffend fest: „Das erinnert mich sehr an die Armenviertel in Athen."

Irgendwann stießen die Urlauberinnen auf das Globetheater. „Hier führt Shakespeare seine Theaterstücke auf. Nachher schauen wir uns eines davon an."

Doch zuerst zauberte Diana für die kleine Reisegruppe etwas zu essen, bevor es frisch gestärkt ins Theater ging.

Die Vorstellung

Viele Menschen fieberten schon auf die Vorstellung. Die gespannte Neugier steckte auch unsere Heldinnen an. Es muss leider gesagt werden, dass antike griechische Stücke mehr ihrem Geschmack entsprachen. Wie alle magischen Wesen verstanden sie jede Menschensprache, somit auch Englisch.

„Also, dieser Geist…! Ich habe schon viel Geister gesehen, aber der im Stück benahm sich völlig ungeisterhaft", nörgelte Lea.

Leni stimmte ihr zu: „Offensichtlich ist unser eigenes Jahrhundert kulturell viel weiter, als dieses spätere. Es muss zwischendrin schwer abwärts gegangen sein."

Diana entgegnete: „Jeder hält seine eigene Zeit für die Beste. Um dieses Theaterstück besser verstehen zu können, müssen wir erst noch mehr über diese Zeit wissen. Die Art zu denken und zu fühlen." Beim Thema fühlen, küsste sie ihre Braut auf die Backe.

„Lasst uns schlafen gehen", schlug Lea daraufhin betont unauffällig vor.

Leni kicherte kokett: „Keine Angst, ich werde Eure Hochzeitsnacht nicht stören und schlafe ein paar Büsche weiter."

In einem Waldgebiet begab sich Leni zur Ruhe und die beiden Turteltauben zur Unruhe. Schön war es dennoch!

Stratford

„Was machen wir jetzt?", erkundigte sich Leni nach dem Frühstück. „Ihr habt Euch doch hoffentlich genug ausgetobt?", schob sie nach.

Lea erwiderte verschmitzt lächelnd: „Ach, ich könnte da schon noch mehr vertragen."

Spielerisch verdrehte Leni die Augen. „Nein, nein, keine Zugabe! Wir besuchen jetzt den Geburtsort von Shakespeare. Dort wandeln wir auf seinen Spuren", legte Diana fest.

Gesagt, getan. Vor einem großen Haus blieb Diana stehen und betätigte den Türklopfer. Shakespeare persönlich öffnete die Tür: „Wer seid Ihr? Was wollt Ihr?", erkundigte der sich überrascht. Vor ihm standen drei äußerst hübsche Frauen, von denen zwei ganz besonders glücklich strahlten. *„Fast wie Hochzeitsreisende"*, ging es ihm durch den Kopf.

Diana sprach: „Bis nach Griechenland ist der Ruf Ihrer Kunst gedrungen. Wir sind gekommen, um Ihnen persönlich für Ihr schriftstellerisches Können zu gratulieren."

Erfreut ließ er sie in sein Haus und fragte im Wohnzimmer: „Welches Stück mögt Ihr denn am liebsten?" Hierauf folgte ein nervöses Füße scharren und räuspern.

Gespräch mit dem Dichter

Lea fasste sich als erste: „Wie können Sie das Fragen? Sie wissen doch selbst am Besten, welches Stück Ihre Fans am liebsten mögen."

Shakespeare lachte herzlich: „ Ja, klar. Das Neue ist wirklich mit Abstand das Beste. Die Zuschauer lieben es geradezu." Selbstbewusst wie viele Künstler, kam ihm gar nicht in den Sinn, wie diese drei jungen griechischen Frauen in ihrer Heimat davon gehört haben konnten oder wie sie überhaupt je eines seiner Stücke dort hatten sehen können.

Lea erkundigte sich mit kindlicher Unschuld: „Schreiben Sie Ihre Stücke alle selber? Wie kommen Sie auf die Themen?" Im Stillen hoffte die Fee, dass er ihr keine Fragen zu seinen Stücken stellte.

Doch Shakespeare kam gar nicht auf diese Idee, erzählte viel von seiner Arbeit und lud seine Fans ein, bei ihm ein paar Tage zu wohnen.

Nachts erklärte Diana auf ihrem Zimmer: „Jetzt müssen wir ihn im Auge behalten, ob er wirklich seine Stücke selber schreibt."

„Warum sollte er das nicht tun?", erkundigte sich Lea erstaunt.

„Weil zu dieser Zeit nur wenige Menschen die nötige Bildung haben. Und er ist ein Schneidersohn, spielt selbst Theater, leitet das Globetheater, hat sein Privatleben, wann soll er dann die vielen Stücke schreiben?"

„Nachts", erwiderte Lea.

Zärtlich ihre Freundin ansehend flüsterte Diana: „Nachts haben alle Besseres zu tun…"

Der Autor

Mehrere Tage behielten sie ihn im Auge, folgten Shakespeare überall hin, dennoch sahen sie ihn nie schreiben. Shakespeare hingegen freute sich sehr über so aufmerksame Fans, die sich für alles so interessierten. Als er mal wieder Post bekam, lief sein Gesicht vor Ärger rot an, woraufhin er sich im Arbeitszimmer einschloss. Die Elfe Leni flog zu seinem Fenster.

Shakespeare saß zornig den Brief lesend am Schreibtisch und rief verärgert: „Dieser elende Schuft!"

Was war bloß geschehen? Vielleicht Erpressung? Wusste jemand, dass er die Stücke doch nicht selber schrieb? Oder ging es um eine Frauengeschichte? Ein finanzielles Problem? Unsere Heldinnen zerbrachen sich den Kopf, doch alles Raten half nichts. Schrieb er vielleicht zur Zeit keine neuen Theaterstücke, weil er gerade große Sorgen hatte? Oder schrieb er sie sowieso nicht selber? Seine starke Persönlichkeit faszinierte die drei sehr. Mit der Zeit sahen sie auch alle anderen seiner Theaterstücke an und diskutierten diese bewundernd mit Shakespeare.

Leni hauchte einmal abends das größte Lob: „Die Idee mit Eurer Hochzeitsreise nach England war doch gut."

Errötend nickten die beiden anderen.

Die rätselhafte Dame in Schwarz

Eines Tages hielt eine Kutsche vor dem Haus und eine verschleierte Dame in Schwarz entstieg ihr. Die Geliebte Shakespeares? Ein prominenter Fan? Eine Geldverleiherin? Oder die echte Autorin der Theaterstücke?

Plötzlich sprang aus dem Gebüsch ein Mann: „So, jetzt will ich endlich wissen, wer Sie sind und ob nicht in Wirklichkeit Sie die Stücke schreiben!" Er riss der Dame in Schwarz den Schleier vom Gesicht. Eine Tat, die er schwer zu büßen hatte.

Todesfeen sind nicht gerade für ihre umgängliche Art bekannt. Unsere drei Heldinnen hielten erschrocken den Atem an, als Banshee dem Unbekannten die letzte Lektion in seinem Leben beibrachte. Kurz darauf ging sie ins Haus und übergab dem von den Vorfällen völlig ahnungslosen Shakespeare ein geheimnisvolles Paket. Enthielt das Paket das Manuskript eines neuen Theaterstückes? Geld? Oder einfach nur das Geschenk eines Fans? Gehen denn Todesfeen überhaupt in Theaterstücke? Schreiben sie solche? Warum nicht? Sie lebten ja ewig und sahen daher vieles, was sich zum Niederschreiben lohnte. Nicht nur Geschichtliches, sondern auch Mythologisches.

Endlich richtige Flitterwochen

Lea flüsterte einschmeichelnd: „Schatz? Haben wir nun genug für unsere Bildung getan und genug Abenteuer erlebt?"

Diana seufzte: „Du hast recht. Meine Frau hat Besseres verdient als Gemetzel von Todesfeen. Wir drei werden nun erholsame Badetage am Mittelmeer verbringen."

Ein frommer Wunsch. Ob es wohl auch so kam? Wir werden es bald wissen.

Liebe Leser/innen,

für heute enden die spannenden Abenteuer. Da sich aber dort in der Gegend laufend Neues ereignet, wird die Reihe bald fortgesetzt.

Bis dahin alles Gute!

Ihre Lea Lisa Lesbos

Aus dem Leben der Fantasy-Krimi Autorin
Lea Lisa Lesbos

Nur wenige Menschen können sich vorstellen wie schwer es ist, als extrem schüchterner Mensch durchs Leben zu gehen. Noch viel schwieriger ist es sogar, zusätzlich auch noch Autorin zu sein. Denn früher oder später entsteht der Kontakt zu Medien, Verlagen, Fans und anderen Autorinnen. Oft würde ich am liebsten im Boden versinken und bereue es deshalb häufig, überhaupt zu schreiben. Andererseits macht das Schreiben sehr viel Freude. So konnte ich einer meiner Hauptfiguren nicht nur meinen Namen geben, sondern auch mit einigen meiner Eigenschaften ausstatten. Ebenso tat ich es mit Diana. Schon sehr früh in meinem Leben meldete sich die Kreativität bei mir. Aber ich hatte nicht genug Selbstvertrauen, um das Schreiben zu beginnen oder mich anderen Menschen anzuvertrauen. Scheu besuchte ich Lesungen anderer Autorinnen, die mich sehr beflügelten. Doch noch immer brachte ich keinen Pieps heraus. Dabei dachte ich: „Puh! Vor anderen Leuten aus meinem Buch vorlesen, Fragen dazu beantworten und auch noch Bücher signieren, das schaffe ich nie!" Es schien auch wirklich unwahrscheinlich, dass ich eines Tages als so scheuer Mensch in der Öffentlichkeit auftreten könnte.

Doch die Kreativität brodelte in mir, wollte heraus, aber noch immer wagte ich es nicht. Eines Tags lernte ich eine sehr nette, hübsche Krimiautorin kennen, verliebte mich auf den ersten Blick in sie. Natürlich konnte ich ihr das gar nicht sagen, so ein gehemmter Mensch wie ich! Ihre Krimis las ich sehr gerne und so beschloss ich, meinem Vorbild zu folgen und ebenfalls Krimis zu schreiben. „Krimis schreiben" hört sich so einfach an, aber es ist wirklich eine harte Arbeit. Viel komplizierter und zeitraubender als sich das jemand vorstellen kann. Monate später traf ich Diana wieder. Das war ihr echter Vorname, ihre Bücher schrieb sie unter einem anderen Namen. Aufgrund eines Fotos auf der Rückseite eines meiner eigenen Bücher erkannte mich Diana. Wir kamen ins Gespräch. Trotz meiner vielen „Ähs" und „Öhs" bemerkte sie mein Interesse. Vielleicht sogar mein sehr persönliches Interesse. Wir trafen uns immer häufiger bis eines Tages…. Nun, das können sich ja die Leser:innen selber vorstellen. Später zogen wir zusammen in eine sehr ländliche Gegend in der Nähe eines Baumkreises. Zu dieser Zeit hatten wir gerade begonnen Ralf Neubohns humorvolle und spannende Fantasy-Krimis zu lesen. Wir mochten darin vor allem die netten Mädchenfiguren und die stets originelle Handlung. So beschlossen wir es auch einmal in dieser Sparte zu versuchen. Wir hatten schon einige normale Krimis geschrieben, aber zu Fantasy-Krimis fiel uns überhaupt nichts ein. Um unsere rauchenden Köpfe abzukühlen, besuchten wir immer häufiger den offen-sichtlich magischen Baumkreis. Seine Ruhe und Kraft strahlte auf uns über, zahlreiche Inspirationen erschienen in unseren Köpfen. Es schien so, als wolle der Baum-kreis, dass wir seine Geschichten schrieben, als wären wir nur seine Werkzeuge.

Da Diana in einem ganzen anderen Stil schrieb als ich, bat ich nach langem Zögern Ralf Neubohn mir bei meinem ersten Fantasy-Krimi zu helfen, weil ich es mir ganz alleine noch nicht zutraute. Sehr, sehr freundlich stimmte er zu. Wir arbeiteten zusammen dieses Buch in vielen, vielen Stunden aus. Es stecken viele Gedanken und noch mehr harte Arbeit darin. Wir hoffen sehr, dass es den werten Leser/innen gefällt und sie es weiter empfehlen. Denn trotz allem bin ich noch sehr schüchtern und werde keinen weiteren Fantasy-Krimi wagen, sollte der heutige nicht gut ankommen. Andererseits haben Neubohn und Diana volles Vertrauen zu dem Buch und ich sollte wohl endlich aufhören, mein Licht unter den Scheffel zu stellen. Die Zeit wird erweisen, wie das Buch den Leser/innen gefiel.

Bis bald?

Anmerkung von Diana:

Liebe Leser/innen,

Sie können sich nicht vorstellen, wie süß und liebens-
wert Lea ist! Es ist für mich ein wahres Wunder, so eine
nette Lebenspartnerin gefunden zu haben! Sollte es zu
weiteren Büchern kommen, werde ich daran mitschreiben
und einiges mehr von Leas unvergleichlicher Persönlichkeit
mit einfließen lassen! Hoffentlich bis bald!

Über die Autorin Lea Lisa Lesbos:

Lea Lisa Lesbos lebt mit ihrer Lebenspartnerin Diana in der Nähe eines magischen Baumkreises. Dieser gibt beiden Autorinnen Ruhe, Kraft und die Inspiration zu zahlreichen Büchern, die unter verschiedenen Pseudonymen erscheinen.

In der Mondgöttin Buchreihe erschien bisher:

„Die Todesfalle für die Mondgöttin"

Bei Interesse der Leser:innen sollen folgen:

„Die Mondgöttin und der mysteriöse Todeszauber"

„Die Entführung Kassandras und des Orakels von Delphi"

Und weitere Bände!

Nachwort

Liebe Leser,

Sie sind nun an das Ende unseres kleinen Büchleins gekommen. Wir hoffen, Sie gut und abwechslungsreich unterhalten zu haben.

Falls Sie beim Lesen auf den Geschmack gekommen sind, so gibt es von uns viele weitere schöne Bücher zum selber Genießen oder als originelles Geschenk für andere. Etwa zu Ostern, Weihnachten und Geburtstagen.

Mit freundlichen Grüßen und hoffentlich bis bald!

Ihre Lea Lisa Lesbos

Zeitfracht Medien GmbH
Ferdinand-Jühlke-Straße 7
99095 Erfurt, Deutschland
produktsicherheit@kolibri360.de